Marie-Francine Hébert

Marie-Francine Hébert ne peut pas se passer d'écrire pour les enfants. Parce que, comme eux, elle aime les becs, les folies, l'exercice physique, les petits oiseaux, les questions, les histoires à dormir debout, la crème glacée et qu'elle a encore bien des choses à apprendre, comme ne plus avoir peur dans le noir. Depuis une quinzaine d'années, elle partage son temps entre la télévision, le théâtre (*Oui ou non*, entre autres) et la littérature.

Pour les best-sellers *Venir au monde* et *Vive mon corps!*, traduits en plusieurs langues, Marie-Francine Hébert a reçu de nombreux prix, dont des prix d'excellence de l'Association des consommateurs du Québec et le prix Alvine-Bélisle. Certains romans de la série Méli Mélo ont été traduits en plusieurs langues, dont l'anglais, l'espagnol et le grec. Elle a remporté le prix du Club de la Livromagie 1989-1990 pour *Un monstre dans les céréales* et le prix du Club de la Livromanie 1991-1992 pour *Je t'aime, je te hais...* En 1994, elle a reçu la médaille de la Culture française, remise par l'Association de la Renaissance française, ainsi que le prix interculturel Montréal en harmonie.

Un oiseau dans la tête est son onzième roman.

Philippe Germain

À dix ans, Philippe Germain adorait sculpter, peindre et étendre de la couleur. Il fait maintenant, entre autres choses, des illustrations de manuels scolaires et de livres pour les jeunes.

Dans un style efficace et dynamique, il pose sur la réalité un regard coloré, spontané et toujours plein d'humour.

Quand il ne dessine pas, il prend un plaisir fou à récupérer, à démonter et à retaper les juke-box et autres objets des années cinquante, qu'il collectionne.

Un oiseau dans la tête est le huitième roman qu'il illustre à la courte échelle.

W9-AAG-253

De la même auteure, à la courte échelle

Collection livres-jeux
Venir au monde
Vive mon corps!

Collection albums

Série Le goût de savoir:
Le voyage de la vie
Venir au monde
Vive mon corps!

Série Il était une fois:
La petite fille qui détestait l'heure du dodo

Collection Premier Roman

Série Méli Mélo:
Un monstre dans les céréales
Un blouson dans la peau
Une tempête dans un verre d'eau
Une sorcière dans la soupe
Un fantôme dans le miroir
Un crocodile dans la baignoire
Une maison dans la baleine

Collection Roman+
Le coeur en bataille
Je t'aime, je te hais...
Sauve qui peut l'amour

Marie-Francine Hébert

Un oiseau dans la tête

Illustrations
de Philippe Germain

la courte échelle

1
Cervelle d'oiseau!

Cervelle d'oiseau. Elle m'a traitée de cervelle d'oiseau et m'a accusée injustement. Moi, Méli Mélo! Devant tous les élèves en plus.

Écoute ça.

Nous sommes un vendredi de la fin du printemps. C'est le matin. Je souris parce que M. Belami, notre professeur d'arts plastiques, va bientôt arriver en disant:

— Coucou, c'est moi!

Il peut aussi bien le chanter, le chuchoter ou le mimer. C'est tout un numéro, M. Belami! Il s'est déjà présenté à l'école avec des souliers de couleurs différentes. Pour exercer notre esprit à l'observation, figure-toi.

Et puis, j'ai tellement hâte de dessiner. Je ne suis pas très habile de mes mains. L'important, affirme M. Belami, c'est d'apprendre à regarder ce qui nous entoure. Avec ses yeux à soi. En tout cas!

Dans notre classe, on a entrepris une recherche sur les oiseaux. La semaine dernière, chaque élève devait dessiner un véritable oiseau; aujourd'hui, on doit en inventer un.

Cette fois-ci, il faudra regarder dans notre imagination. Avec l'oeil de l'esprit, comme l'appelle M. Belami.

Donc, je souris lorsque la porte de la classe s'ouvre enfin. Je crois d'abord que M. Belami s'est déguisé en une espèce de gros chat. Mais ce n'est pas sa voix enjouée que j'entends:

— Votre professeur est absent. Je suis la suppléante. Je me nomme Mme Tigri.

Inutile de te dire que mon sourire se fige sur mon visage.

Là, une finaude derrière moi lui demande:

— Êtes-vous parente avec le chat Mistigri?

Mistigri, c'est un matou du voisinage que l'école a adopté; il est un peu notre mascotte. En tout cas!

En plus de porter le même nom que lui, Mme Tigri a un air de famille. Des yeux jaunes, des lèvres ultra-minces, des ongles en forme de griffes, une robe tigrée. Et deux petits chignons sur le dessus de la tête, qui rappellent les oreilles d'un chat.

Tout le monde pouffe de rire, plié en deux sur son pupitre. Sauf moi, avec mon sourire oublié dans ma face! C'est suffisant pour que la suppléante m'accuse d'être l'auteure de la farce plate.

En un instant, son regard devient menaçant. Comme Mistigri quand il est affamé et qu'il cherche une proie. C'est-à-dire un petit animal à se mettre sous la dent.

Pointant son index griffu vers moi, la dame s'écrie:

— Il n'y a pas de quoi rire, mademoiselle. Je n'accepterai pas que l'on se moque de moi! Une cervelle d'oiseau, voilà ce que vous êtes! Si vous croyez pouvoir profiter de la situation, vous vous trompez. Je vous ai à

l'oeil, ma petite.

J'ai une grosse boule... ou plutôt un chat dans la gorge. Et il avale tous les mots dont j'essaie de me servir pour ma défense.

De toute manière, Mme Tigri me clôt le bec en ajoutant:

— Un mot de plus et je vous flanque à la porte! Cela vaut pour toute la classe.

Ensuite, elle nous demande de sortir notre matériel et de dessiner. Sans enthousiasme, elle ajoute:

— Un «oiseau imaginaire», si j'ai bien compris.

Elle met «oiseau imaginaire» entre guillemets. Afin de nous faire sentir que ce n'est pas son idée. Et comme s'il s'agissait d'un véritable oiseau qui s'apprêtait à lui faire caca dans les mains.

Puis, elle s'assoit toute droite sur sa chaise et fixe ses yeux

jaunes sur moi. On dirait Mistigri qui attend sa proie.

Pas étonnant qu'aucun oiseau
imaginaire n'ose se montrer le
bout du bec. Conclusion: quand
sonne l'heure de la récréation,
ma feuille est toujours blanche.

Mme Tigri croit que c'est de
l'entêtement de ma part. Et elle
m'ordonne de rester à mon pupitre et d'entreprendre mon dessin sans plus tarder.

Si tu me voyais, un crayon de
couleur dans une main, ma tête
appuyée sur l'autre. Ma tête vide, vide. Sans le moindre oisillon à l'horizon. Je vais finir par
m'endormir, moi.

À propos de sommeil, j'entends bientôt le son d'une res-
piration régulière. Ce doit être
celle de Mistigri. Il vient sou-

vent faire la sieste sur le rebord de la fenêtre.

Mais non! C'est Mme Tigri qui cogne des clous, figure-toi. Tant mieux, je vais avoir la paix.

Je ferme les yeux dans l'espoir de trouver une idée. Patience! conseillerait M. Belami. Les idées, c'est comme les oeufs, il faut leur laisser le temps d'éclore.

Au bout d'un moment, je sens une présence. Un souffle de vie. Ça y est! Tout au fond du nid de mon imagination, je découvre un oisillon!

Je me dis en moi-même: «Chut! Il ne faut pas l'effrayer.»

Juste à ce moment-là, de drôles de bruits attirent mon attention. Mme Tigri remue les lèvres dans son sommeil, comme

Mistigri quand il rêve qu'il croque sa proie.

Résultat: je reviens à mon oiseau, pour me rendre compte qu'il a disparu.

Je suis sur le point de me décourager, quand un gazouillis me parvient. Je tourne la tête en direction de la fenêtre de la classe.

Oh! surprise! J'y aperçois l'oiseau qui se trouvait dans ma tête.

2
Ça dépasse
toute imagination

Impossible, tu me diras! Un oiseau imaginaire ne peut pas apparaître en chair et en os sur le rebord d'une fenêtre.

Il s'agit sûrement d'un oisillon qui habitait sous la corniche, au-dessus de la fenêtre. Au début du printemps, un couple d'hirondelles y a construit son nid. Pour couver ses oeufs, bien sûr, et abriter ses petits.

Je pensais que les oisillons, assez forts pour voler de leurs propres ailes, avaient déjà quitté le nid. Il faut croire qu'il en restait un, le petit dernier. Imprudent, il sera tombé du nid et aura atterri là.

Quant à l'oiseau de mon invention, il doit toujours se cacher quelque part dans ma tête. Mais j'ai beau fouiller tous les recoins de mon cerveau, je n'en trouve aucune trace.

Soudain, j'entends:

— Psitt! psitt!

Comme si on voulait attirer mon attention. L'appel ne sort pas de la bouche de Mme Tigri: elle dort profondément. Et il n'y a personne d'autre dans la classe.

C'est peut-être le sifflement du vent que j'ai pris pour une parole. Mais il n'y a pas la moindre brise.

Ça ne peut venir que de l'oisillon. Qu'est-ce que je dis là!? Je me suis probablement endormie, moi aussi, et je rêve.

Toujours est-il que je vois bel et bien l'oiseau prononcer:

— Psitt! psitt!

Il plonge aussitôt son regard dans le mien. Pour m'hypnotiser, on dirait.

Je ne peux bientôt plus m'empêcher de m'avancer vers lui. Sans faire de bruit, pour ne pas réveiller Mme Tigri.

J'aperçois alors le reflet de mon visage dans la vitre. J'ai l'air absent d'une somnambule. En tout cas!

D'un signe, l'oiseau m'invite à m'approcher davantage. Avec l'intention de me chuchoter un secret à l'oreille, me semble-t-il.

Mais il faudrait que je sorte la tête à l'extérieur. Et j'hésite. Comme si cette fenêtre donnait sur un autre monde. Un monde surnaturel, irréel, où les choses les plus étranges peuvent arriver.

Le genre d'idée complètement

folle qui nous traverse l'esprit quand on rêve!

De toute manière, je suis incapable de résister. Tirée comme par un fil invisible, j'avance la tête.

Si je ne rêve pas, je vis un moment extraordinaire. On a consulté beaucoup de livres pour notre recherche. Je n'ai jamais entendu parler d'un oiseau qui se soit confié à un être humain.

Inutile de te dire que je suis tout oreilles. Mais l'oiseau reste silencieux et se blottit dans mon cou. Je sens son petit corps palpiter de vie contre ma peau.

C'est trop précis pour être un rêve... En tout cas!

Je m'écarte de lui. C'est bien beau les mamours, mais je suis impatiente de connaître son secret.

À mon grand étonnement, il a disparu. Je m'empresse de jeter un regard circulaire. C'est alors que je découvre le reflet de l'oiseau dans la vitre. À l'endroit où je devrais me voir!

Et moi, où suis-je?!

Dans la peau de l'oiseau, figure-toi.

3
Il ne faut pas réveiller
le chat qui dort

J'ai été envoûtée. Je suis sous l'effet d'un enchantement. Comme dans les contes de fées.

Comment t'expliquer? C'est toujours moi, Méli Mélo, qui pense, qui réfléchis, mais dans le corps d'un oiseau. Ou plutôt d'une oiselle.

Malgré que je sois minuscule, j'ai une vision incroyable. Avec mes yeux de chaque côté de la

tête, je vois presque derrière moi.
Je vois grand, c'est le cas de le
dire.

Et puis, j'entends toutes sortes
de sons que l'oreille humaine ne
peut pas percevoir. La plupart
sont difficiles à identifier. À part
le battement d'ailes de menus

insectes. À part le crissement d'une griffe de chat... sur la corniche... juste au-dessus de moi!?

Oh! non! Pas Mistigri! Je viens à peine de me retrouver dans la peau d'un oiseau. Je n'ai même pas eu l'occasion de gazouiller.

Tremblante de peur, je lève les yeux. C'est bien Mistigri, reconnaissable à ses oreilles en triangle, que j'aperçois.

Histoire de se faire oublier, il reste là, immobile. Il guette le moment favorable pour attraper la proie que je suis devenue. Je connais son petit manège.

Recroquevillée à une extrémité du rebord de la fenêtre, je retiens mon souffle. Dans l'attente que mes parents volent à mon secours.

Je les ai déjà vus foncer sur Mistigri, qui rôdait autour du nid. Ils criaient à tue-tête quelque chose qui ressemble à:

— Tchivittchivit! Tchivittchivit!

Je t'assure que l'indésirable a déguerpi sans se faire prier. En tout cas!

La réprimande que je vais recevoir! J'entends mes parents d'ici:

«Nous t'avions dit cent fois de ne pas t'aventurer au bord du nid! Tu as fini par tomber. Voilà ce qui arrive quand on désobéit. Si nous n'étions pas accourus, à l'heure qu'il est, tu serais dans l'estomac du chat.»

Et patati et patata, et crotte de chat. Je connais la chanson.

Quand j'étais petite, je me

suis un jour lancée dans la rue sans regarder. Ma mère m'a saisie par la queue de cheval. Juste avant qu'un gros camion me transforme en bouillie... pour les chats.

La colère que mes parents m'ont faite! Une colère d'amour, bien sûr. La preuve: l'instant d'après, ils me serraient fort fort dans leurs bras.

C'est exactement ce que mes parents oiseaux feront avec leur oiselle imprudente. Ils me couvriront affectueusement de leurs ailes.

Je les appelle à mon secours. Ce qui donne dans mon langage d'oiseau:

— Pit, pit, pit, pit, pit, pit!

Mistigri, lui, ne perd pas une seconde. Avec l'habileté d'un alpiniste, il glisse le long du mur et atterrit sur le rebord de la fenêtre.

Je sens aussitôt le filet de son regard s'abattre sur moi. Un regard me rappelant étrangement celui de Mme Tigri. En tout cas!

En un bond, l'animal sera sur moi. Il m'emprisonnera dans ses sales pattes. Pour mieux me planter ses canines dans la nuque. Crac!

Il me plumera la tête et le dos et les pattes et la queue. Alouette! Mes belles plumes toutes neuves...

Je l'ai déjà vu faire, Mistigri. Ça revolait, je t'assure. On aurait cru qu'il neigeait.

Je voudrais lui dire: «Je ne suis pas un oiseau; c'est moi, Méli Mélo.»

Mais comment pourrait-il me reconnaître dans la peau d'un oiseau? Moi-même, je ne reconnais plus le Mistigri qui ronronne sous la caresse dans cette bête sauvage!

L'idée d'appeler Mme Tigri à l'aide me traverse l'esprit. Tu te rends compte? Il faut que je sois vraiment mal prise.

J'y renonce. Tout ce qu'elle entendrait, si elle entendait quoi que ce soit, ce serait: «Pit, pit!»

Si seulement M. Belami était là! Il devinerait qu'il se passe quelque chose d'anormal. Il s'inquiéterait, lui. De toute manière, s'il avait été là, rien de cela ne serait arrivé.

Si au moins mes parents oiseaux avaient eu le temps de m'apprendre à voler!

Mais qu'est-ce qu'ils font
donc!

Le temps presse. Tous les
muscles de Mistigri sont tendus.

C'est une question de secondes avant qu'il ne saute sur moi.

Si je reste là, je ne donne pas cher de ma peau. Si je saute, je risque de m'écraser au sol comme un vulgaire avion en papier!

Courage! lancerait M. Belami. Facile à dire quand ce n'est pas ton coeur qui fait de la trampoline dans ta poitrine. Mais je n'ai plus le choix. Tout plutôt que de finir en bouillie dans l'estomac du chat.

Sans plus réfléchir, je ferme les yeux et je saute dans le vide.

4
Les bras du ciel

Prise de panique, je me suis lancée aveuglément, le corps raide, les ailes pendantes. Tout ce qu'il faut pour m'écrabouiller sur le premier obstacle venu...

Et c'est exactement ce qui va m'arriver. Je me dirige tout droit vers un arbre. De nous deux ce n'est certainement pas lui qui s'écartera.

Réagis! s'écrierait M. Belami.

En désespoir de cause, je donne quelques coups d'ailes, évitant la collision de justesse. Au dernier instant, je parviens à agripper une branche. Et je reste figée là, morte de peur.

Ce qui redonne de l'espoir à Mistigri. Je vois dans ses yeux qu'il a déjà trouvé le plus court chemin pour me rejoindre. En un rien de temps, il sera là.

Où sont les bras protecteurs... je veux dire les ailes protectrices de mon papa ou de ma maman?

Ce sont plutôt les griffes de Mistigri que je sentirai bientôt se refermer sur moi. Car le voici qui grimpe dans l'arbre.

Il ne me reste pas d'autre issue qu'un saut dans l'inconnu. Prête pas prête, je m'élance, en

espérant que le ciel m'accueille
dans ses bras.

Les yeux bien ouverts, cette

fois. Sans oublier de battre des ailes en m'appuyant sur l'air. Comme le font les autres oiseaux. Et ça marche!

Je viens de prendre mon envol. Je n'en reviens pas! Je vole! La peur donne des ailes, c'est le cas de le dire. Émerveillée, je monte, je monte.

Je ne peux pas m'empêcher de jeter un dernier regard vers Mistigri. De là-haut, confondu au paysage, il m'apparaît tout petit. J'ai du mal à croire que j'ai pu en avoir si peur.

Libre! Je suis libre! Avec l'immensité du ciel pour domaine.

Peux-tu imaginer ce que je ressens? Tout mon être vibre de joie! Je n'ai pas assez de mes deux yeux pour tout voir. Il y a tant de choses qui attirent mon attention.

Je me dis: «Il faut que je garde ces images en mémoire pour mon dessin.» Encore faudra-t-il que je trouve le moyen de redevenir une petite fille. Chaque chose en son temps, dirait M. Belami. En tout cas!

Imagine le tableau.

En bas, le paysage a l'air d'une courtepointe. C'est un couvre-pieds fait de morceaux de tissus colorés, cousus les uns aux autres. Un nombre incroyable de teintes y sont représentées!

Ici, le brun de la terre qu'on vient d'ensemencer. Plus loin, le vert tendre des pelouses. Là, des arbres aux feuilles d'un vert plus foncé. Ailleurs, des bouquets de conifères vert obscur.

Les habitations paraissent minuscules: de véritables maisons de poupées, aux formes et aux couleurs variées. Quelques-unes

en rang d'oignons, d'autres épar-
pillées dans la nature.

De certaines d'entre elles,
s'échappe une guirlande multi-
colore: la corde à linge pleine
de vêtements à sécher.

Et la forêt, la forêt dans la-
quelle je me suis déjà perdue
avec mon petit frère Mimi. La
forêt que je croyais si profonde!
À vue d'oiseau, elle ressemble à
un buisson.

Quant au lac, il a l'air d'un
miroir de poche. La rivière, elle,
d'un serpent d'eau qui court dans
la nature.

Les gens n'ont qu'à suivre le
tracé gris foncé des routes pour
aller d'un endroit à un autre.

Alors qu'en haut, le bleu uni
du ciel s'étale à l'infini. Un bleu
clair et intense. Un bleu introu-

vable dans une boîte de crayons de couleur comme la mienne. Mais qui restera à jamais gravé dans mon souvenir.

Le ravissement est total. Je plane. J'allais dire: «Je flotte comme sur un nuage.» Mais il n'y en a pas un seul en vue.

Sauf, peut-être, celui qui commence à se dessiner au-dessus de moi.

Un nuage gris, de forme bizarre... avec de grandes ailes... Un nuage qui ressemble à s'y méprendre à l'ombre d'un rapace, d'un oiseau de proie. Le genre qui se nourrit d'oiseaux plus petits.

À la réflexion, c'est un rapace. Et la proie, c'est moi.

5
Une ombre au tableau

Il n'y a jamais moyen d'être tranquille nulle part!

J'essaie de m'enfuir à tire-d'aile, c'est-à-dire en battant très rapidement des ailes. Je virevolte. Je descends en piqué.

Rien à faire. Le rapace me suit comme une ombre. Une ombre sinistre, terrifiante. Qui va s'emparer de moi, m'engloutir. Sans qu'un seul de mes

semblables ne lève le petit doigt
pour me secourir.

Où sont-ils tous? Pas fous, les
oiseaux, ils se cachent, bien sûr.
Indifférents à mon sort, comme
les élèves de ma classe tout à
l'heure. Les lâches!

Il y a quelques minutes à peine, je me croyais au paradis. Je tombe de haut, je t'assure.

N'abandonne pas si facilement, dirait M. Belami. Il peut bien parler, lui. Le jour où j'en ai vraiment besoin, il est absent! En tout cas!

C'est sûr qu'appeler à l'aide ne me ferait pas mourir. Au point où j'en suis.

Sans grand espoir, je crie à fendre l'âme: «À l'aide! Au secours!»

Ce qui se traduit, en langage d'oiseau, par quelques «Pit! pit!» perdus dans le ciel, désert. C'en est fait de moi.

C'est alors qu'aux quatre coins de l'horizon se dessinent de petits nuages. À grands traits et à une vitesse folle. Des nuages qui ne cessent de grossir et qui se font de plus en plus denses.

Ils se dirigent droit vers moi. Dans un vacarme indescriptible! Pas étonnant. Ce ne sont pas des nuages, mais des volées d'oiseaux! Ils ont entendu mon appel et ils viennent à mon secours, figure-toi.

Si tu les voyais foncer sur l'oiseau de proie. Si tu les entendais surtout. Ils l'engueulent comme du poisson pourri, le traitent de tous les noms. Ces injures n'ont pas d'équivalents en français, mais imagine les pires.

Persuadé que le ciel s'abat sur lui, le rapace se déguise en courant d'air. C'est ça! Bon débarras!

Je tente alors de repérer mes parents oiseaux parmi mes sauveteurs. Sans succès.

Mais oui! Ça me revient maintenant. Un élève de la classe a fait un exposé sur le sujet.

À l'heure qu'il est, ils doivent s'occuper d'une nouvelle couvée. Dès que leurs petits se sont envolés du nid, ils refont une famille ailleurs.

En tout cas!

Ici, c'est le triomphe. Les vainqueurs sont aux oiseaux, c'est le cas de le dire. Toute la bande se met à danser ailes dessus, ailes dessous. Dans un concert de gazouillis, auquel je participe joyeusement.

Mais, tout comme les voyages, les récréations ont une fin. J'entends justement la cloche de l'école sonner le retour en classe.

Mon dessin! Je l'avais complètement oublié, celui-là.

Il faudra d'abord que je trouve le moyen de briser l'enchantement. C'est beau la vie d'oiseau, mais on ne peut pas passer son temps dans les nuages.

À regret, je fais mes adieux à

mes nouveaux amis. Ils s'envolent en formant un grand V; pour victoire, je suppose. Espérons que cela me portera chance.

Sur le chemin du retour, je réfléchis à la façon de redevenir une petite fille. Il suffira probablement que je retraverse la fenêtre en sens inverse.

Oups! j'avais complètement oublié Mistigri! Lui, ne m'a pas oubliée. Posté sur le rebord de la fenêtre, il m'attend de pied ferme.

Comme si ce n'était pas suffisant, voici Mme Tigri. Elle vient visiblement de se réveiller et elle n'a pas l'air de bonne humeur.

Je suis dans un beau pétrin.

6
Les pieds sur terre, la tête dans les nuages

La suppléante se précipite vers la fenêtre en criant:

— Allez ouste! Hors d'ici, sale chat!

Mistigri n'a pas besoin qu'on lui fasse un dessin. De toute évidence, il n'est pas en présence d'une amoureuse des animaux. Et il déguerpit.

Voilà un premier obstacle d'éliminé! Pour être aussitôt

remplacé par un autre.

Mme Tigri s'attarde devant la fenêtre, figure-toi. Elle s'étire comme un chat. Elle inspire par petits coups, pour mieux sentir les délicieux parfums de la nature au printemps.

Moi, je ne sens pas grand-chose. Je me rappelle avoir lu que les oiseaux n'ont pas l'odorat particulièrement développé. En tout cas!

Je me perche au sommet de l'arbre voisin et j'attends. Que puis-je faire d'autre?

La suppléante est méconnaissable. Un peu plus et elle ronronnerait de plaisir. Moi qui la croyais complètement insensible.

Elle ressemble à M. Belami quand il nous parle de l'oiseau

rare qu'il a aperçu. Si tu la voyais, les yeux mi-clos, l'air entièrement absorbée dans ses pensées.

C'est le moment ou jamais! Je me faufile entre la tête de Mme Tigri et le battant de la fenêtre.

L'espace est si restreint que je me frappe sur le cadre de bois et j'y perds presque une plume. Elle ne pend que par un fil. Une de plus, une de moins, je ne sentirai pas la différence.

Le bruit des élèves qui montent l'escalier ramène la suppléante à la réalité. Et à de moins bons sentiments, si j'en crois le regard lancé vers moi. Moi, qui suis assise à mon pupitre, dans ma peau de petite fille. Comme si de rien n'était.

À ma grande stupéfaction!

Pas besoin de te dire que je cherche l'oiseau. Il a disparu, comme par enchantement.

Je ferme les yeux, souhaitant ardemment subir le même sort. Car la suppléante s'approche de mon pupitre, avec l'intention d'examiner mon travail. C'est-à-dire rien.

Elle va croire que je la provoque et me mettre à la porte.

Mme Tigri se penche sur ma feuille. Je m'attends au pire. Elle me dit plutôt:

— Vous avez fini par entendre raison, à ce que je vois.

De quoi parle-t-elle? Comment aurais-je pu dessiner quoi que ce soit? Je n'étais même pas là.

Je jette tout de même un coup d'oeil. Je n'en crois pas mes yeux! L'oiseau se trouve au seul endroit où je n'ai pas regardé: sur ma feuille. Au beau milieu du ciel bleu de mon dessin.

C'était plus bleu que ça dans ma tête. J'ai rêvé, en effet. J'ai volé dans ma tête, sur les ailes

de mon imagination, dirait
M. Belami.

J'étais tellement prise par mon

dessin que j'ai eu l'impression
de voler pour vrai. En tout cas!

— C'est pas mal...

Mme Tigri prononce cela sur

un drôle de ton. Comme si elle risquait de s'écorcher la bouche en faisant un compliment.

Je frissonne quand elle pose son ongle griffu sur mon oiseau.

— Il vous ressemble étrangement.

Mais oui! Ce sont exactement les traits de mon visage que j'ai donnés à l'oiseau.

La suppléante promène lentement son ongle sur mon dessin, s'arrêtant à chaque détail.

Tout est là! Dans la partie supérieure de la feuille, se trouve l'oiseau de proie. Celui que j'ai moi-même dessiné, bien sûr. Il s'enfuit, chassé par la nuée d'oiseaux, que j'ai aussi dessinée.

Dans la partie inférieure de la feuille, j'ai reproduit la courtepointe du paysage. Mais est-ce bien Mistigri qui se trouve au premier plan, sur le rebord de la fenêtre?

Oh non! Qu'est-ce que j'ai encore fait?!

Il est évident que je me suis inspirée de la suppléante pour dessiner le chat. Les yeux jaunes, les griffes, tout y est. Sans oublier l'air désappointé d'avoir raté une si belle occasion de repas.

L'ongle de Mme Tigri se dirige, lentement mais sûrement, vers le chat. Je ne m'en sortirai pas vivante.

C'est alors que la porte s'ouvre et qu'une nuée d'élèves envahit la classe. Dans un vacarme indescriptible!

Affolée, la suppléante retourne à son pupitre pour tenter de rétablir l'ordre.

Ouf! Je l'ai échappé belle. Inutile de te dire que je me sens le coeur plus léger qu'un oiseau. En tout cas!

C'est incroyable les voyages que l'on peut faire dans sa tête! Tu ne trouves pas?

Crois-le ou non, je ne suis pas au bout de mes surprises. En rangeant mes crayons de couleur, je trouve une plume d'oiseau sur mon pupitre, figure-toi.

Et s'il s'agissait de celle que j'ai brisée en rentrant?

Je sais, je sais. C'est une idée complètement folle. Mais je n'arrive pas à la chasser de mon esprit.

J'ai tellement hâte de revoir M. Belami! Il est le seul avec qui je puisse tenter de démêler une histoire pareille. Car, tout comme moi, il a les pieds sur terre et la tête dans les nuages.

Table des matières

Achevé d'imprimer
sur les presses de Litho Acme inc.